UAO

Universale d'Avventure e d'Osservazioni

3

Rita Levi-Montalcini

Eva era africana

disegni di Giuliano Ferri

Gallucci

Rita Levi-Montalcini
Eva era africana

disegni di Giuliano Ferri

ISBN 88-88716-35-1

Prima edizione aprile 2005

ristampa
7 6 5 4 3 2 1 0
anno
2008 2007 2006 2005 2004

gallucci editore.com

Eva era africana

Alla mia carissima amica e diretta collaboratrice, Giuseppina Tripodi, esprimo i ringraziamenti per il valido contributo nella realizzazione del presente testo.

Le Origini della Specie Umana

Il grande biologo inglese, Charles Darwin, in un saggio pubblicato nel 1871 dal titolo *L'origine dell'uomo*, enunciò il principio che in tutte le specie viventi, vegetali e animali, si verifica la selezione naturale.

Tutti gli essere viventi sono perennemente in lotta per sopravvivere. Chi va avanti è il più adatto all'ambiente naturale.

Con il passare dei secoli e dei millenni questa selezione continua ha portato all'evoluzione delle diverse specie animali e vegetali.

Darwin applica questo concetto anche per spiegare l'origine della specie umana.

Le ricerche dell'antropologia, e cioè di quella scienza che studia i reperti fossili provenienti da luoghi e da tempi diversi, hanno fornito indicazioni importanti sullo sviluppo dell'uomo.

Abbiamo ora molte informazioni sulle diverse epoche della preistoria per comprendere le tappe percorse dai più arcaici precursori della specie umana.

In questi ultimi decenni sono state introdotte tecniche che permettono di determinare con notevole precisione l'età dei resti fossili di forme animali vissute tra un milione e 50mila anni fa. Altri sistemi, come "il metodo del carbonio radioattivo", permettono di valutare l'età di fossili risalenti agli ultimi 50mila anni. Con la misurazione del rapporto tra le quantità di uranio e di elio (ottenuto per disintegrazione del primo) rimaste intrappolate nelle rocce si riesce a stabilire l'età dei fossili del Miocene, cioè risalenti a 25-30 milioni di anni fa.

All'era geologica del Miocene risalgono esemplari fossili ritrovati in Africa che vengono attribuiti ai progenitori degli uomini e delle scimmie. Hanno caratteristiche simili a quelle delle scimmie primitive e antropomorfe e potrebbero rappresentare i comuni antenati degli Ominidi (Hominidae) e delle grandi scimmie simili all'uomo (Pongidae).

Il continente africano

L'Africa è un continente esteso quasi tre volte l'Europa. La parte settentrionale è occupata dal deserto del Sahara. Una profonda frattura, la Rift Valley, incide la parte orientale del territorio.

L'Africa è un immenso tavolato, coperto da deserti, foreste pluviali e savane, attraversato da grandi fiumi. Circa il 40 per cento dell'Africa è desertico.

Il Sahara è il più vasto deserto del mondo. Misura circa nove milioni di chilometri quadrati, cioè trenta volte l'Italia.

Già ora copre quasi tutto il nord Africa, ma si sta ulteriormente espandendo a causa dello sfruttamento eccessivo dei pascoli che porta all'inaridimento dei terreni. Durante il giorno la temperatura raggiunge i 50°C, così che soltanto poche specie di piante e animali possono sopravvivere.

Oltre al Sahara, i deserti più noti sono il Kalahari e il Namib, in Africa meridionale.

La Rift Valley

La Rift Valley è una enorme frattura nella crosta terrestre, lunga circa 6.000 km, che va dal Mozambico alla Siria. Nel punto di massima larghezza questo avvallamento raggiunge i 95 chilometri di estensione. È molto probabile che tra milioni di anni il continente africano risulterà diviso in due proprio lungo la linea tracciata da questa valle.

Con il termine Rift Valley si indica una particolare conformazione della crosta terrestre: si tratta di sprofondamenti della superficie della Terra (detti "fosse tettoniche") in corrispondenza dell'involucro più esterno del nostro pianeta.

I fossili più antichi di primati che possono essere messi in relazione alla specie umana sono stati rinve-

nuti proprio nei paraggi della Rift Valley. In particolare i resti dei primati bipedi sono stati rinvenuti in un'area che comprende Etiopia, Kenya, Tanzania e Sud Africa.

I nostri antenati

Grazie ai più moderni metodi di datazione geologica, l'età della Terra è stata allungata di molto. Fino a poco tempo fa si pensava che fosse di circa 30-40 milioni di anni. Oggi è stato stabilito con relativa certezza che il nostro Pianeta ha quattro miliardi e mezzo di anni.

Nel corso dei millenni si sono sviluppate specie diverse. Alcune si sono estinte, altre si sono evolute obbedendo al principio della selezione naturale.

Le specie più vicine all'uomo attuale appartengono al genere Homo e si dividono in Homo habilis, Homo erectus e Homo sapiens. Hanno fatto la loro comparsa nella savana dell'Africa circa due milioni di anni fa e poi si sono diffuse in Asia e nel resto del mondo.

È poi esistita un'altra famiglia di scimmie simili all'uomo, ma che non si sono evolute fino a diventare creature intelligenti. Appartenevano al genere Australopithecus e sono classificate in Australopithecus ramidus, Australopithecus afarensis, Australopithecus africanus, Australopithecus robustus e Australopithecus boisei.

I biologi che studiano la genetica, cioè la trasmissione dei caratteri ereditari, ritengono che gli ominidi del genere Homo e quelli del genere Australopithecus fossero cugini. Avrebbero avuto cioè la stessa origine da un gruppo comune di antenati, ma poi si sarebbero differenziati seguendo evoluzioni divergenti.

I dati molecolari hanno dimostrato che gli scimpanzé sono sorprendentemente più vicini all'uomo di quanto si ritenesse in precedenza.

Il termine Australopithecus africanus fu coniato dall'antropologo Raymond A. Dart nel 1924, in occasione del ritrovamento di un teschio di bambino nell'Africa australe (la prima parte del nome Australopithecus evoca l'Africa australe, cioè del Sud, mentre la seconda deriva dal nome latino della scimmia: pithecus).

Il teschio fu scoperto in una cava di pietra nei pressi del villaggio di Taung. Mostrava differenze significative rispetto ai teschi appartenenti a scimmie antropomorfe, cioè rassomiglianti all'uomo (come il gorilla) o ai loro remoti e recenti predecessori.

L'antropologo Dart lo definì "l'anello mancante" nella catena evolutiva del genere umano.

La scatola cranica era di proporzioni maggiori rispetto ai Pongidi. Pertanto il volume del cervello era superiore a quello delle scimmie arcaiche recenti. I denti canini erano invece più piccoli.

Si capiva poi che quell'essere doveva aver camminato in posizione eretta su due zampe dal fatto che il

foro occipitale (attraverso il quale il midollo spinale si collega al cervello) era situato anteriormente rispetto a quello delle scimmie antropomorfe.

La dimensione della scatola cranica dell'esemplare del bambino di Taung risale a circa tre milioni di anni fa. Malgrado la capacità del cranio (400 centimetri cubi) sia molto più vicina a quella delle scimmie antropomorfe (Pongidi) è stato classificato come appartenente al genere degli australopitechi proprio per la postura eretta.

Questo reperto andava contro l'ipotesi generalmente accettata dai paleo-antropologi: e cioè che l'uomo avesse avuto origine in differenti continenti. Sia cioè di provenienza multiregionale.

La variabilità genetica che si riscontra tra le diverse popolazioni umane è una frazione rispetto alle differenze genetiche presenti nelle singole popolazioni africane.

Gli africani sono molto diversi tra di loro dal punto di vista dei caratteri ereditari: è dunque assai probabile che siano gli ultimi antenati comuni di tutte le genti del mondo.

Gli australopitechi

I più antichi ominidi hanno caratteristiche anatomiche e scheletriche simili alle specie Australopithecus afarensis e Australopithecus africanus.

La loro esistenza quattro milioni di anni fa è documentata dalle impronte di passi su un suolo di ceneri vulcaniche solidificate, che sono state scoperte a Tabarin in Kenya, ad Afar in Etiopia e a Laetoli in Tanzania.

Gli australopitechi hanno caratteristiche comuni come l'andatura bipede e la dentatura piuttosto primitiva. Il tipo robustus ha mascelle e denti forti; i tipi africanus e afarensis hanno aspetto gracile, con mascelle più deboli e strette. I denti sono adatti a masticare non solo vegetali, ma anche carne cruda.

L'Africanus vide la luce in Africa meridionale in un

complesso insieme di ambienti naturali (habitat). Nella regione erano presenti molte fonti di cibo, ma anche predatori diversi. Questa condizione potrebbe averne stimolato l'intelligenza: nell'Australopithecus africanus il cervello raggiunse quasi le stesse dimensioni di quelle dell'Homo habilis.

Gli ominidi

Nell'aprile del 1964, Richard Leakey, figlio di Louis e Mary Leakey, illustri antropologi, rinvenne numerosi fossili nella gola di Olduvai, a Koobi Fora. Vi erano resti di un ominide e un deposito di rozzi utensili in pietra, ottenuti scheggiando l'estremità di pezzi di roccia lavica o quarzo.

Per la sua capacità di costruire utensili, questo ominide è stato chiamato Homo habilis: l'uomo capace di costruire manufatti.

L'Homo habilis è considerato una via di mezzo nell'evoluzione tra il relativamente piccolo Australopithecus afarensis e il grande Homo erectus.

La capacità di fabbricare oggetti (sia pure di natura rozza, come quelli che sono stati ritrovati presso i resti fossili degli australopitechi) avrebbe a sua volta determinato l'esigenza di comunicare tra individui per indicare le caratteristiche degli utensili e trasmettere la capacità di costruirli.

All'Homo habilis succede l'Homo erectus. Si tratta di un ominide di statura ancora ridotta rispetto all'Homo sapiens, ma con alcuni punti in comune con l'uomo moderno.

Il Turkana boy

Lo scheletro più completo di questa specie è stato rinvenuto nel 1984 a ovest del Lago Turkana. Appartiene a uno splendido esemplare di giovane uomo, noto come l'Adolescente di Turkana, il *Turkana boy*.

Questo scheletro mostra una struttura fisica moderna: gli arti inferiori sono relativamente lunghi, a differenza di altri ominidi che hanno invece braccia lunghe.

Il *Turkana boy* rappresenta il primo reperto di essere umano le cui proporzioni corporee corrispondono a quelle degli individui recenti.

L'Homo erectus è stata la prima specie a raggiungere una vasta distribuzione quando, un milione di anni fa, si è verificato l'esodo dall'Africa. Sue tracce sono state registrate fino in Asia orientale. L'Erectus ha fabbricato utensili in modo più elaborato dell'Homo habilis e allo stesso tempo i reperti ritrovati hanno dimostrato che ha fatto un uso controllato del fuoco.

La massa cerebrale dell'Homo erectus era più

grande del 33 per cento di quella dell'Homo habilis. Ciò fa ritenere che le modalità di comunicazione avessero superato il livello dei segni e dei suoni gutturali utilizzati dai suoi predecessori.

Circa 300mila anni fa cominciarono ad apparire i primi ominidi con cervello di dimensioni più grandi e cranio di forma diversa, denominati con il termine di Homo sapiens arcaico. Con questa denominazione si comprende anche la specie dell'uomo di Neanderthal.

L'uomo di Neanderthal

Gli esemplari di questa specie ritrovati a La Chapelle-aux-Saints, a La Ferrassie e a La Quina, in Francia, a Neanderthal, in Germania, a Spy in Belgio e a Monte Circeo, in Italia, presentano forme comuni di varie ossa del cranio e dello scheletro. Le scoperte degli Anni Ottanta fanno pensare che i neanderthaliani siano andati incontro all'estinzione a causa dell'affermazione di una nuova specie: l'Homo sapiens.

L'Homo sapiens

L'Homo sapiens arcaico produceva utensili più raffinati e di migliore fattura dei suoi antenati: usava schegge piccole invece che pezzi grossi e fabbricava impugnature per le lame dei pugnali e per le lance. Testimonianze fossili e genetiche indicano che tra i 100 e i 200mila anni fa, in Africa e in Medio Oriente, si verificò l'evoluzione del moderno Homo sapiens, che sostituì poi i generi Homo preesistenti.

La specie dell'Homo sapiens è caratterizzata da una scatola cranica di capacità elevata e dalla volta arrotondata, dalla componente facciale meno pronunciata e dalla mandibola con mento osseo. All'aspetto, insomma era proprio un uomo come lo conosciamo noi.

Lucy e la sua storia

Il ritrovamento di Lucy è avvenuto nel 1974 a opera di un gruppo di giovani archeologi americani che erano alla ricerca delle origini dell'umanità.

La scoperta è stata fatta in Etiopia, nel deserto Dancalo, in una regione posta a circa 150 chilometri da Addis Abeba e che si chiama Afar.

Questa zona era già stata oggetto di fortunate ricerche che avevano portato alla luce frammenti di scheletro sicuramente appartenenti ai nostri più arcaici antenati.

Tuttavia mai prima di questa scoperta si era trovato uno scheletro quasi intero appartenente a un singolo individuo della specie intermedia tra la scimmia e l'uomo.

Il ritorno alla luce di questo gracile esemplare di femmina, alto poco più di un metro, e dal teschio non più grande di una noce di cocco avvenne nella notte indimenticabile del 30 novembre, mentre nell'accampamento i ricercatori ascoltavano un disco dei Beatles: *Lucy in the sky with diamonds* ("Lucy nel cielo tra i diamanti"). Nell'euforia del momento i ricercatori diedero al reperto il nome di "Lucy".

L'antropologo Donald Johanson, divenuto famoso per questa scoperta, così raccontra la storia della sua Lucy: «Doveva avere tra i venticinque e i trenta anni. Quando morì si era forse distesa, proprio lì dove la ritrovammo, sulla sabbia della sponda di un lago o di un corso d'acqua ora da tempo scomparsi ed era morta. Se per malattia o annegamento è impossibile dirlo... Rimase a giacere indisturbata nella sua tomba un millennio dopo l'altro, finché le piogge di Afar non la riportarono nuovamente alla luce».

La prima donna

Con i suoi tre milioni di anni, la piccola Lucy emoziona. Si racconta che gli operai etiopi addetti agli scavi le avevano assegnato un nome diverso da quello di Lucy: "Denkenesh", che significa "meravigliosa".

Il suo scheletro ha caratteristiche tipiche sia degli appartenenti alla famiglia delle scimmie dell'emisfero australe (*Pongidae*) che dei nostri primordiali antenati (*Hominidae*). Con i primi ha in comune la fronte bassa, le arcate sopraccigliari molto pronunciate e la mascella sporgente, con i secondi la dentatura e l'ossatura dell'anca, tipica di un bipede.

Aveva braccia più lunghe delle nostre, ma l'anato-

mia del bacino rivela che si spostava su due zampe: doveva avere l'andatura di un arboricolo abituato ad arrampicarsi sulle piante, più che di un uomo.

Il cranio di Lucy (*Australopithecus afarensis*) è piuttosto arrotondato. La parte che conteneva il cervello non è più grande di una noce di cocco. L'attaccatura del cranio alla colonna vertebrale è simile agli appartenenti alla specie umana.

Gli arti anteriori, che nei mammiferi quadrupedi hanno la stessa struttura e funzione degli arti posteriori, non le servivano per camminare. Lucy non si poggiava sulle quattro zampe: usava gli arti superiori per afferrare gli oggetti.

Dai calchi effettuati all'interno della scatola crani-

ca si nota che l'impronta del cervello dell'australopiteco è ancora molto scimmiesca. Altri ritrovamenti, in zone diverse dell'intero continente africano, specie nelle regioni orientali, hanno permesso di comprendere come nel corso dei secoli la statura di questi ominidi sia cresciuta e l'impronta del cervello all'interno della scatola cranica risulti progressivamente ingrandita.

Circa 300mila anni fa cominciarono ad apparire i primi ominidi con cervello di dimensioni maggiori e cranio di forma diversa.

Nella tabella seguente è indicato il volume del cervello in centimetri cubi delle diverse specie:

Scimpanzé	*385-495*
Australopithecus	*450-550*
Homo habilis	*640-800*
Homo erectus	*900-1000*
Homo sapiens neanderthalensis	*1300-1425*
Homo sapiens sapiens moderno	*1200-1500*

La capacità di fabbricare utensili, sia pure semplici, avrebbe a sua volta determinato l'esigenza di comunicare tra individui e di trasmettere la "cultura" degli oggetti.

L'invenzione del linguaggio, che differisce in maniera totale dagli altri sistemi di comunicazione osservabili nelle scimmie sub-umane, avrebbe dunque avuto origine in un periodo posteriore a quello della produzione dei primi oggetti. I nostri antenati prima hanno imparato a "fare" e poi a "dire".

Le regine d'Africa

L'Egitto è la sede di una delle più antiche e celebri civiltà del mondo. L'epoca egizia durò circa cinquemila anni, ma tre secoli in particolare videro fiorire il regno dei Faraoni nel nord-est dell'Africa: il XVI, il XV e il XIV secolo prima di Cristo. È il periodo che gli archeologi definiscono "XVIII dinastia".

Dalla storia dell'antico Egitto emerge l'importanza del ruolo femminile all'epoca, persino superiore a quello che le donne hanno ora nella stessa regione.

L'egittologa Christiane Desroches Noblecourt, nel volume "Sotto l'oro del volto", spiega bene il ruolo sociale e patriarcale delle donne egiziane: "...Così stupendamente moderne in un'epoca nella quale le nostre antenate ancora vivevano nelle caverne".

Dai geroglifici incisi nei monumenti funerari risaltano le qualità e le attività svolte dalle personalità femminili dell'antichità.

Molti reperti archeologici forniscono prove concrete dell'esistenza, quasi quattromila anni fa, di regine che hanno ricoperto la carica faraonica. Le decorazioni delle steli tombali testimoniano il percorso vitale e le personalità stesse delle donne regnanti.

Una di queste sovrane, chiamata Ahmes Nefertari, conquistò tanta stima da essere venerata e adorata come una dea per ben cinquecento anni.

In base a quello che ci dicono i reperti archeologici, Nefertari rivestì un ruolo importante in ambito religioso e sviluppò l'economia mediante la rimessa in funzione delle cave di pietra.

Tra tutte le regine che hanno governato, emerge la figura di Hatshepsut. Fu una donna di eccezionale valore. Regnò sull'Egitto per quasi ventidue anni, portando la civiltà del suo paese al più alto livello culturale e sociale.

Gli storici ne parlano con ammirazione: "Questa regina di forte carattere governò un regno prospero, senza proclamare guerre ai paesi vicini e senza provocare rivolte interne. Lasciò dietro di sé importanti opere edilizie e favorì lo sfruttamento delle miniere".

Le testimonianze evidenziano le qualità politiche e artistiche di questa regina e la sua attività per procurare pace e benessere al proprio popolo. Gli storici dell'Egitto ricordano l'eccezionale bellezza di Hatshepsut e le sue capacità intellettuali al di sopra della norma. Aveva una volontà ferrea ingentilita dal fascino femminile.

Di un'altra regina quasi leggendaria, dal nome di Nitocris, si narra non tanto che fosse una donna di incomparabile bellezza, quanto che avesse più coraggio di tutti gli uomini del suo regno. Fu lei l'artefice della costruzione della terza piramide. Governò per appena poco più di due anni, alla fine della VI dinastia, ma è considerata l'unica donna faraone del Regno Antico.

In ogni settore della vita sociale la donna egizia godeva di grande libertà di espressione, di pieno riconoscimento giuridico e di indipendenza finanziaria. Riceveva il massimo rispetto in famiglia e a lei veniva assegnata la gestione dei beni comuni e personali. Le donne di quell'epoca potevano contare sulla parità con i maschi, si dedicavano agli studi, avevano diritto all'eredità e ad esercitare funzioni notarili. Diritti che in molte regioni non sono riconosciuti neppure adesso alle donne.

Oggi, all'inizio del terzo millennio, cinquemila anni dopo le grandi dinastie che hanno visto la donna assurgere ai più alti ruoli sociali, la componente fem-

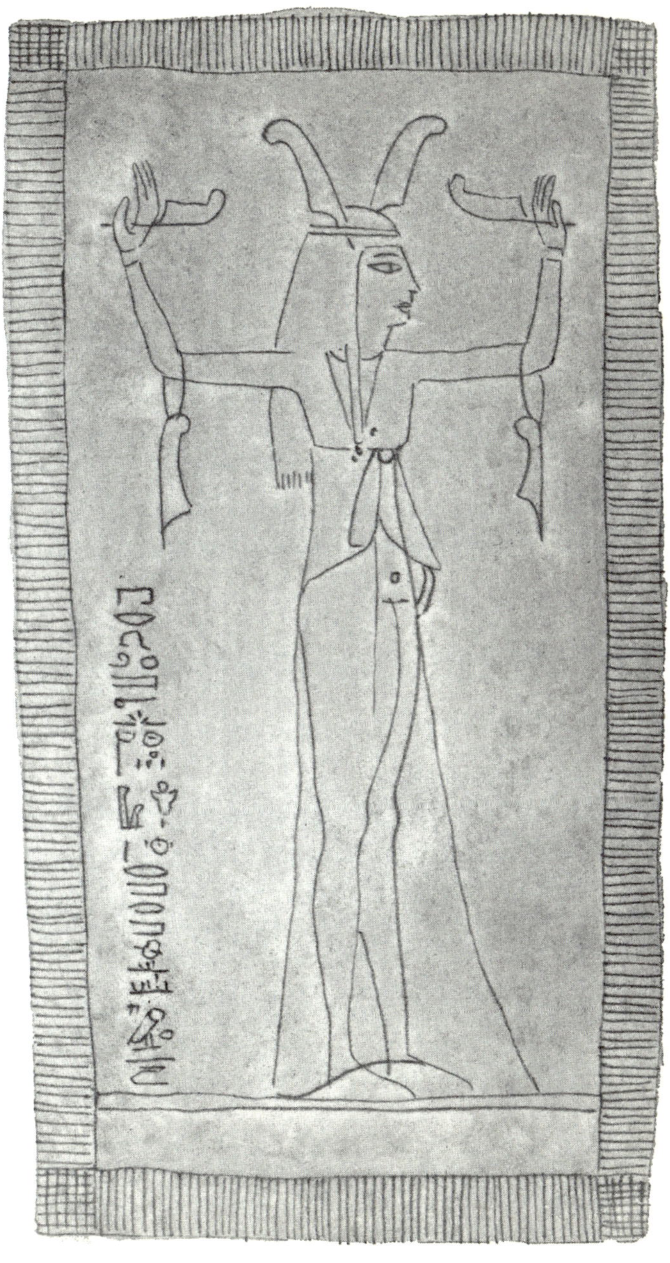

minile del continente africano (e non solo) potrebbe prendere a modello la forza e la capacità di agire di quelle antiche e straordinarie figure femminili.

Eva e Adamo

Nei secoli scorsi si riteneva che ogni nuovo nato, sia animale che uomo, ricevesse dal padre l'eredità genetica all'atto del concepimento.

La femmina, secondo questa ipotesi, avrebbe contribuito soltanto al terreno nutritizio nel quale il seme maschile germogliava. Saremmo stati tutti discendenti di Adamo.

Questa ipotesi faceva ritenere il maschio di un ordine di gran lunga superiore rispetto alla femmina. E quindi gli uomini superiori alle donne.

Tuttavia la ricerca scientifica, condotta in base alle nuove tecnologie a disposizione nei decenni scorsi, ha dimostrato che ogni discendente eredita in uguale misura il programma genetico da entrambi i genitori. Si è così rivelata falsa la teoria che il contributo del patrimonio ereditario, nel caso degli esseri umani e nella quasi totalità delle specie viventi, fosse esclusivamente maschile.

Che cosa si intende per patrimonio ereditario?

Esso consiste nell'informazione biologica di un individuo. Tali informazioni sono fornite dai geni e sono contenute nei cromosomi nucleari che trasmettono l'eredità dei caratteri somatici e comportamentali.

Oltre al cromosoma nucleare esiste, però, un altro organulo, noto come mitocondrio. Si trova in tutte le cellule degli organismi sia maschili che femminili, ma viene trasmesso soltanto per via materna ai discendenti dei due sessi. E soltanto le figlie lo trasmettono a loro volta alla progenie. Insomma, siamo piuttosto tutti figli di Eva, che di Adamo.

Altre indagini hanno evidenziato che le differenze nel colore della pelle, o nei tratti somatici, che contraddistinguono le varie tipologie di individui, sono in realtà dovute all'eredità cromosomica. Queste "informazioni genetiche" non sono suscettibili di adattamento nell'arco di poche generazioni. Occorre molto più tempo perché possano reagire alle diverse condizioni ambientali nelle quali le varie popolazioni umane si sviluppano o vivono.

A differenza del DNA nucleare che racchiude all'incirca 100mila geni, il DNA mitocondriale ne comprende solo 37. In entrambi si verificano mutamenti casuali della composizione biochimica di ciascun gene: in quello nucleare queste trasformazioni avvengono lentamente, mentre nel DNA mitocondriale le mutazioni hanno luogo con regolarità e in poco tempo.

Il DNA mitocondriale, ereditato soltanto per via

materna, ha caratteri particolari che lo rendono uno strumento ideale per lo studio dell'evoluzione della nostra specie.

Eva africana

Ai fini di creare un albero genealogico della specie umana, i biologi molecolari hanno analizzato il DNA mitocondriale di 182 individui residenti in differenti aree del globo terrestre.

Gli studiosi hanno ricostruito a ritroso le linee materne di alcuni individui viventi fino ad individuare un antenato comune: e l'hanno denominato "Eva africana". Per quel che si è detto sulla trasmissibilità delle informazioni genetiche contenute nei mitocondri, la progenitrice deve infatti essere necessariamente di sesso femminile.

Tuttavia questa Eva africana non è da

intendersi come la madre dalla quale discende la specie umana, ma costituisce la donna portatrice della molecola del DNA mitocondriale.

In questi ultimi decenni, straordinari sviluppi scientifici hanno permesso di scoprire quando e dove ha avuto origine la specie umana.

In passato si riteneva che l'uomo avesse fatto la sua comparsa contemporaneamente in differenti regioni del globo terrestre. Oggi sappiamo che tutto cominciò circa due milioni di anni fa, quando l'Homo erectus migrò dall'Africa verso altri continenti. Questi spostamenti sono testimoniati dai reperti fossili che sono stati rinvenuti in continenti diversi.

Si può dire che l'Africa è la culla dell'umanità moderna.

I paleo-antropologi, che studiano l'origine e la diffusione del patrimonio genetico dell'umanità, hanno tracciato una sorta di mappa delle migrazioni umane. Inoltre con il metodo del cosiddetto "orologio biologico" sono stati in grado di datare l'evoluzione umana.

Il nome di mia madre è affanno

Nel continente africano la situazione delle donne soffre ancor oggi di una totale dominanza maschile basata sulla maggiore forza fisica, su miti e su tabù che riconoscono al maschio diritti negati alle appartenenti al sesso femminile.

Alle ragazze, sin dalla prima infanzia, spetta il compito di dedicarsi alle necessità della famiglia. Così non possono frequentare la scuola, diritto riservato ai maschi.

Le donne africane, nonostante l'elevato tasso di analfabetismo, hanno però dimostrato maggiore impegno nel saper fronteggiare problemi di carattere sociale.

La giornata lavorativa di una donna che vive in uno qualsiasi dei villaggi del continente africano è un continuo susseguirsi di attività estenuanti che inizia alle quattro del mattino e termina la sera.

Colpiscono i versi di un'adolescente di dodici anni della Sierra Leone:

Il nome di mia madre è affanno.
D'inverno mia madre si affanna
a cercare la legna,
d'estate mia madre si affanna per l'acqua,
tutto l'anno si affanna per il riso.
Il nome di mia madre è affanno.

Nonostante l'alto tasso di analfabetismo la scrittrice algerina Assja Djebar è ottimista sul futuro delle donne: «In Algeria c'è una grande rivoluzione silenziosa: nei più piccoli villaggi ci sono associazioni di giovani donne intelligenti, indipendenti, che lavorano e lottano per un futuro migliore».

Ci sono donne in Africa che negli ultimi anni sono riuscite a raggiungere posizioni di rilievo malgrado le difficoltà. Sono scrittrici, scienziate, attiviste del volontariato che ricoprono incarichi preminenti nei settori sociale e politico delle ancor giovani democrazie africane. Conoscono bene i problemi dei loro paesi, distribuiti nelle diverse regioni del continente. La loro testimonianza è importante per capire quale sia la condizione attuale delle bambine in Africa e cosa si può fare per migliorarla.

Le testimonianze riportate qui di seguito sono di donne appartenenti a 14 dei 53 Paesi del Continente africano:

Algeria
Angola
Burkina Faso
Camerun
Costa d'Avorio
Kenya
Mali
Mozambico
Ruanda
Saharawi
Senegal
Somalia
Sudan
Zimbabwe

Di ciascun paese sono indicati la capitale, la superficie (per avere un termine di confronto, l'Italia ha un'estensione di circa 300mila chilometri quadrati e l'Europa di 10,5 milioni di chilometri quadrati), il numero di abitanti, le risorse economiche e l'opinione di una testimone sulla condizione femminile nel paese.

ALGERIA

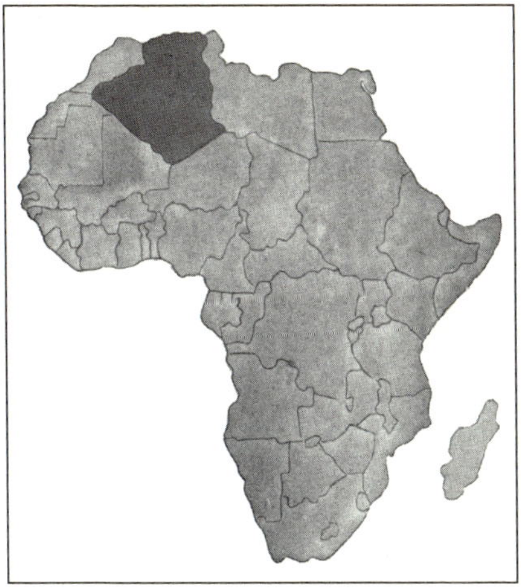

Capitale: Algeri
Superficie: 2.381.740 km^2
Abitanti: 29.300.000
Lingua: arabo, francese, dialetti
Religione: islamica
Risorse naturali: l'Algeria è il sesto paese produttore di datteri. Le palme da datteri forniscono legname e le foglie sono usate per i tetti delle abitazioni.

La scrittrice Assja Djebar denuncia con queste parole la verità cruda della situazione femminile in Algeria: "La cultura, l'istruzione possono essere i soli mezzi per combattere la disperazione dei giovani abbandonati alla demagogia del fanatismo integralista. Eppure si viene uccisi proprio perché si possiede cultura e sapere".

ANGOLA

Capitale: Luanda
Superficie: 1.246.700 Km²
Abitanti: 11.500.000
Lingua: portoghese
Religione: cattolica, culti animisti
Risorse naturali: petrolio e diamanti.

L'Angola è divenuta indipendente nel 1975, al termine di un lungo conflitto con i portoghesi. Successive guerre civili tra gruppi etnici rivali hanno portato il paese allo sfacelo. Soltanto nel 1996 si giunse ad una tregua.

La riscossa femminile africana ha contribuito notevolmente alla liberazione dell'Angola dal dominio del Portogallo. Nei cinquecento anni del loro potere soltanto per 30 anni il paese godette della pace.

Astrid Carvalho così racconta questa lotta: «Ogni volta che gli angolani si rivoltavano contro i portoghesi le donne erano in prima fila, protagoniste alla pari. Il sovrano che diede più filo da torcere ai portoghesi fu la regina Zinga, nonostante si rendesse conto dell'inferiorità militare. Poiché gli angolani non possedevano armi, fece uso di una raffinata diplomazia per spiazzare i colonialisti per anni e anni».

BURKINA FASO

Capitale: Ouagadougou
Superficie: 274.200 km²
Abitanti: 10.628.000
Lingua: francese, dialetti locali
Religione: culti animisti, islamica
Risorse naturali: il cotone è il più importante prodotto esportato e costituisce circa il 25 per cento delle entrate. L'agricoltura è in grave crisi a causa della massiccia emigrazione. Dalle sue miniere si estraggono argento, manganese e oro.

Per Madame Ouédraogo, consigliere tecnico del Ministro della Famiglia, il problema principale è l'accesso al credito: «Le donne sono presenti in gran numero nelle aziende agricole di tipo familiare, nel piccolo commercio e nelle attività artigianali. Le donne dimostrano maggiore costanza degli uomini nel lavoro, riescono a far fruttare meglio le attività nelle quali sono coinvolte e, soprattutto, si preoccupano di costruire un futuro migliore per i loro figli e per le loro famiglie».

CAMERUN

Capitale: Yaoundé
Superficie: 475.440 km²
Abitanti: 13.651.000
Lingua: francese e inglese, dialetti sudanesi e bantu
Religione: islamica, cattolica, culti animisti
Risorse naturali: petrolio, bauxite e numerosi prodotti agricoli, tra i quali cacao, caffè e gomma. Esporta legname pregiato, soprattutto mogano e ebano.

Il Camerun, un tempo colonia inglese e francese, acquisì la propria indipendenza nel 1957, unendo i diversi territori in uno stato unico. Oggi ha una delle economie più floride dell'Africa.

La giornalista Corinne Mandjou, in una sua monografia, descrive il ruolo centrale occupato dalle donne nelle reti commerciali: “Si comincia con i parei e molto rapidamente questo commercio si trasforma in un’attività di import-export di ogni genere di prodotti. In Africa occidentale il prêt-à-porter è al 95 per cento nelle mani di donne. Sono loro a viaggiare per lavoro in Francia, in Italia e oggi a Singapore e a Taiwan. Anche nel settore agro-alimentare sono molto presenti: ufficialmente le donne hanno posti di poca responsabilità, ma di fatto sono loro a gestire gli affari”.

COSTA D'AVORIO

Capitale: Yamoussoukro
Superficie: 322.463 km²
Abitanti: 14.891.000
Lingua: francese, dialetti locali
Religione: islamica, cattolica, culti animisti
Risorse naturali: è un grande produttore di cacao, caffè e legname. La Costa d'Avorio è uno dei paesi africani più prosperi, grazie alla stabilità politica e alla fertilità del suolo.

Spiega Yvette Kouékou, Capo di Gabinetto del Ministero della Promozione della Donna: «I problemi di questo continente pesano soprattutto sulla donna. Il tasso di mortalità materna è il più alto al mondo, così come il tasso di fecondità. Malattie, malnutrizione e anche l'AIDS minano la salute della popolazione femminile. Il tasso di alfabetizzazione tra le ragazze è il più basso al mondo: solo il 41 per cento delle donne sa leggere e scrivere contro il 60 per cento degli uomini. La donna rurale è la prima al risveglio e l'ultima a coricarsi. Tradizionalmente, e malgrado le leggi, non ha la proprietà della terra, anche se in percentuale coltiva più dell'uomo. Non si può certo parlare di pari opportunità tra i due sessi. Nel corso delle elezioni in Costa d'Avorio del 1995 la situazione era così turbolenta che la gente aveva paura di recarsi al voto. Eppure furono le donne per prime a uscire di casa, e solo dopo di loro lo fecero anche gli uomini».

KENYA

Capitale: Nairobi
Superficie: 580.370 km²
Abitanti: 28.794.000
Lingua: ki-swahili, inglese
Religione: cattolica, culti animisti, islamica
Risorse naturali: l'economia del Kenya si basa soprattutto sull'agricoltura. È il quarto produttore mondiale di tè e caffè. È inoltre produttore di piretro, un fiore rosso con il quale si possono produrre insetticidi.

Wangari Maathai, premio Nobel per la pace nel 2004, è stata la prima donna africana a ricevere tale riconoscimento. La Maathai si può definire un personaggio globale, in quanto è capace di tenere una lezione agli studenti americani dell'Università di Yale e, con la stessa efficacia, sa spiegare il concetto di "sviluppo sostenibile" alle donne africane semianalfabete. Oppure, ancora, non teme di confrontarsi con i politici del Kenya per salvare il paese dalla deforestazione e dal commercio illegale di legname.

Queste sono le sue conclusioni: «Quando ci sono situazioni di povertà, le disuguagliane aumentano e le donne tendono a occupare posizioni socio-economiche molto basse. Finché non migliorano le economie dei nostri paesi è difficile migliorare la posizione delle donne. Voglio, però, dire a tutte le donne dell'Africa e del mondo che solo noi possiamo continuare a batterci per i nostri diritti, per una migliore posizione nella società. Abbiamo dimostrato di poterlo fare in molti modi e dobbiamo continuare così da avere una moltitudine di donne che hanno abbattuto le barriere. Solo a quel punto i governi parificheranno davvero i nostri diritti a quelli degli uomini".

MALI

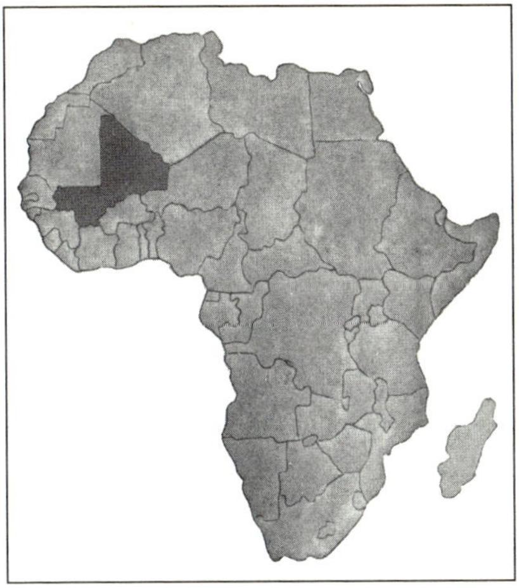

Capitale: Bamako
Superficie: 1.240.190 km²
Abitanti: 11.124.000
Lingua: francese, dialetti sudanesi
Religione: islamica, culti animisti
Risorse naturali: coltivazione del cotone.

Il Mali è uno dei paesi più poveri del mondo. Tre quarti del suo territorio sono desertici e lo spazio coltivabile risulta assai ridotto.

Aminata Traorè, già ministro della Cultura del Mali dal 1997 al 2000, è tra le più alte voci dell'Africa "contro la globalizzazione". In una recente conferenza tenutasi in Italia ha affermato: «Siamo all'inizio di una nuova era. L'Africa non è solo una terra di sofferenza. È anche una terra di speranza. Una speranza che vogliamo condividere con tutti, dando il nostro contributo per una globalizzazione più umana. L'Occidente non deve portarci aiuti, ma smettere di mentirci sulla nostra storia. Il primo problema dell'Africa è quello dell'ingiustizia verso popoli che sono stati privati del diritto di proporre un modello di sviluppo diverso, non fondato solamente sulla produttività economica. E il problema dell'ingiustizia colpisce soprattutto donne e bambini, la catena debole dell'ingranaggio dello sfruttamento e della guerra».

MOZAMBICO

Capitale: Maputo
Superficie: 801.590 km^2
Abitanti: 15.300.000
Lingua: portoghese, bantu
Religione: cattolica, culti animisti, islamica
Risorse naturali: cotone, tè e zucchero

Celina Cossa è la presidente dell'Unione Generale delle Cooperative fondata nel 1980 a Maputo. Ideatore e Anima del movimento fu Padre Prosperino, il frate Cappuccino che mise tra i primi l'accento sulla necessità di creare in Africa condizioni di vita migliori per tutti attraverso servizi di formazione e aiuti economici per la piccola impresa. Questo è il risultato: «Il movimento cooperativistico, composto al 95 per cento da donne con bassa scolarizzazione, si dedica soprattutto all'agricoltura. In 20 anni di attività si sono potuti sviluppare l'organizzazione e, con questa, la stabilità e la qualità della vita delle donne. Ora sono molto migliorati l'educazione, il sistema sanitario e la maternità. Bisogna puntare su esperienze come questa per sperare davvero di cambiare la situazione».

RUANDA

Capitale: Kigali
Superficie: 26.300 km^2
Abitanti: 75.000.000
Lingua: francese, kinya-ruanda e ki-swahili
Religione: cristiana, culti animisti
Risorse naturali: produzione di caffè, tè e minerali (stagno e tungsteno). L'agricoltura produce barbabietole, manioca, mais e fagioli.

In Ruanda le donne occupano oltre il 48 per cento dei seggi politici in Parlamento. Un risultato imposto anche dalla sconvolgente guerra civile tra gli appartenenti ai due gruppi etnici: gli Hutu e i Tutsi.

Aurea Kayganwa, coordinatrice di un'organizzazione che rappresenta le vedove di guerra ruandesi, spiega così la situazione del suo paese: «Prima del genocidio le donne avevano sempre pensato che sarebbero stati i loro mariti a prendersi cura della famiglia. Ma il genocidio le ha obbligate a farsi parte attiva e a prendersi cura di se stesse. Le donne stanno occupando spazi in ogni ambito della vita sociale. Una legge approvata nel 1999 ha concesso alle donne il diritto di ricevere in eredità i beni di famiglia. La senatrice, ex ministro, Odette Nyiramirimo dice che le donne stanno imparando in fretta, in quanto sono obbligate a farlo. Anche se loro stesse non ritengono di essere brave quanto gli uomini, devono tuttavia procedere nella speranza di essere non uguali, ma migliori».

SENEGAL

Capitale: Dakar
Superficie: 196.720 km^2
Abitanti: 9.610.000
Lingua: francese, dialetti locali
Religione: islamica, culti animisti
Risorse naturali: cotone, canna da zucchero, riso e miglio per il fabbisogno del paese stesso.

Fatou Sow, sociologa senegalese, alla conferenza sui "Diritti delle donne in Africa. Sfidare lo Stato", tenutasi nell'aprile del 2004, ha sostenuto: «La maggior parte dei discorsi culturali e religiosi oggi mirano a ostacolare e segregare le donne, a sottometterle a un ordine culturale e religioso che non viene imposto ad alcun uomo. I diritti delle donne vengono considerati come anticulturali e antireligiosi. È necessario ricorrere alla politica per affermare e difendere questi diritti, anche se il potere politico è ancora fondato sull'esclusione delle donne nei processi decisionali. La costruzione della nazione, dello Stato e della cittadinanza presuppone l'istituzione di rapporti appropriati che la politica deve tessere tra i membri della comunità. Questi rapporti oggi rivelano gravi squilibri che perpetuano un ordine basato sulla disuguaglianza. La rottura di questo ordine è la vera sfida che devono affrontare le donne in Africa».

SAHARAWI

Il popolo Saharawi (Popolo del Deserto) è una tribù nomade che si sposta nel territorio desertico fino ai confini del Marocco, dell'Algeria e della Mauritania.
Abitanti: non censiti
Lingua: hassaniya, arabo, francese
Religione: islamica
Risorse naturali: il territorio desertico è ricchissimo di minerali, soprattutto fosfati.

Il popolo Saharawi vive nella parte più a sud dell'Algeria, una delle regioni meno ospitali al mondo, con un'estate a 60 gradi e un inverno sotto lo zero. I campi saharawi si trovano nelle città di Tindouf, Dahia, Smara e in altre zone urbane del Sahara occidentale abbandonate negli Anni Settanta in seguito all'occupazione da parte del Marocco. La maggior parte della popolazione è costituita da donne e il resto da bambini e anziani. Le donne hanno avuto una posizione particolarmente attiva, in quanto si sono dovute far carico della famiglia e della tribù al posto degli uomini, andati a combattere con il Fronte del Polisario (l'esercito di liberazione del popolo saharawi contro il Marocco).

Sowado Lagdaf, rappresentante delle donne Saharawi, racconta: «Le donne Saharawi in esilio hanno saputo dare vita a una organizzazione di progresso sociale e civile in uno dei deserti più inospitali della terra. Il Sahara occidentale era una ex colonia spagnola fino al 1975, quando fu firmato un accordo tra la Spagna, il Marocco e la Mauritania e il paese venne occupato. Ne scaturì una guerra sanguinosa: circa 160mila persone si rifugiarono nei campi profughi, gestiti dalle donne che durante la guerra hanno anche provveduto a educare i propri figli alla pace. La donna saharawi ha sempre mantenuto l'eredità della tradizione e ha partecipato alla gestione di quella che viene chiamata la Repubblica Araba Democratica Africana, riconosciuta da 84 Stati. È dal 1991 che aspettiamo il referendum per l'autodeterminazione del nostro popolo. Ma siccome non costituiamo nessuna minaccia per il mondo, siamo dimenticati. E siccome abbiamo conosciuto la guerra e il dolore, non vogliamo portarlo ad altri. Questo non significa che dobbiamo essere ignorati».

SOMALIA

Capitale: Mogadiscio
Superficie: 637.660 km^2
Abitanti: 9.077.000
Lingua: somalo e arabo
Religione: islamica
Risorse economiche: i somali vivono in condizioni di estrema povertà a causa del territorio arido e piatto.

Dagli Anni Ottanta la Somalia è devastata dal conflitto civile sostenuto permanentemente dai "signori della guerra". Non ha un vero e proprio governo.

Hawa Aden Mohamed, Direttore del Centro d'Istruzione Femminile per la Pace e lo Sviluppo (GECPD) a Galayko, nel Puntland, confessa di sentirsi sempre più determinata a difendere i diritti delle donne: «Lo sono a dispetto di tutte le difficoltà che possono apparire insormontabili. Devo dire che non sento di aver utilizzato del tutto le mie capacità per raggiungere l'obiettivo finale, che è quello dell'emancipazione di donne e ragazze. Voglio dare le stesse opportunità che ho avuto io a tutte le donne che non le hanno avute. Non so dove sarei oggi e che cosa avrei fatto della mia vita se non avessi avuto la possibilità di studiare e se qualcuno non mi avesse aiutato: a volte penso che sarei anche io una delle tante donne analfabete che sopportano in silenzio ogni genere di ingiustizie e sono tenute in miseria e ignoranza. Voglio ricambiare tutto quello che mi è stato dato e voglio che a beneficiarne siano migliaia di donne. Se ce l'ho fatta io, possono farcela anche loro».

SUDAN

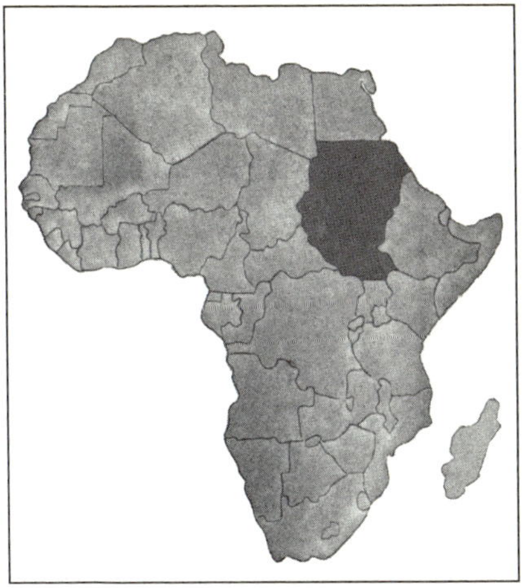

Capitale: Khartoum
Superficie: 2.505.815 km²
Abitanti: 27.060.000
Lingua: arabo
Religione: islamica, culti animisti, cattolica
Risorse naturali: nel paese sono presenti riserve di petrolio e di minerali.

Nahid Toubia, un medico che da sempre si è occupata dei problemi della salute delle donne, così affronta l'argomento delle mutilazioni genitali a cui sono sottoposte le bambine: «È un esempio atroce di ciò che le donne sono costrette a subire: lesioni fisiche e psichiche inflitte in nome di una tradizione barbarica a dominanza maschile».

Eva era africana

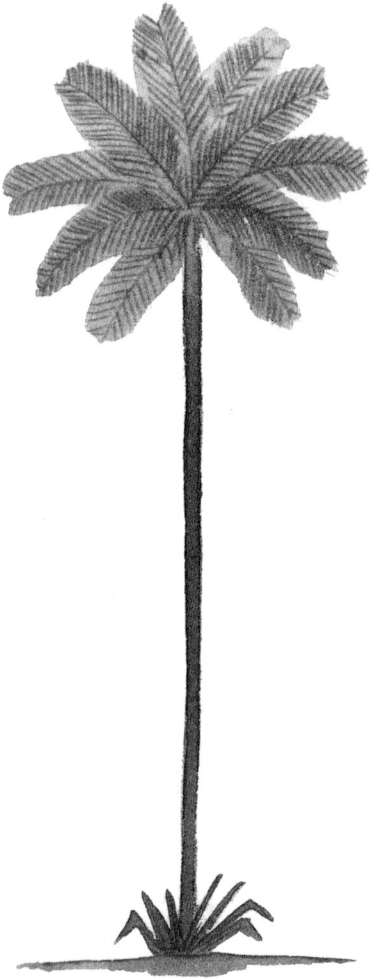

ZIMBABWE

Capitale: Harare
Superficie: 390.580 km^2
Abitanti: 11.845.000
Lingua: inglese, idiomi bantu
Religione: cattolica, culti animisti
Risorse naturali: carbone, amianto, oro e nichel.
Tabacco, cotone, canna da zucchero e mais.

Beril Carby Mutambirwa, membro della Lega Internazionale delle donne per la pace e la libertà, ricorda provocatoriamente: «Prima dell'11 settembre 2001, data prima della quale oggi sembra non esserci storia, e precisamente l'8 settembre del 1991, si chiuse la Conferenza sul razzismo. Molte promesse, pochi atti concreti... Ogni giorno muoiono centinaia di persone in molti paesi per altre "guerre".

Dopo le due guerre mondiali, di cui anche l'Africa è stata vittima, non c'è stato un piano di ricostruzione e riparazione come quello Marshall per l'Europa. Negli ultimi venti anni abbiamo subìto il processo di globalizzazione, che ci è stato imposto, con in più il fenomeno degradante della corruzione... Le donne sono la spina dorsale dell'Africa e l'Aids oggi colpisce più le donne degli uomini. Dobbiamo bloccare questo terribile fenomeno. Tra i motivi per cui non si riesce a fare sufficiente prevenzione c'è il fatto che l'Africa non è libera di agire. Ma è costretta dai rapporti economici internazionali a far pagare scuola e sanità, escludendo così la maggioranza della propria popolazione da questi servizi».

Speriamo che sia donna

In un futuro immediato o remoto l'accesso all'istruzione permetterà alle ragazze del continente africano di conquistare finalmente ruoli preminenti nei settori sociale, scientifico e politico. La formazione, in Africa così come nelle altre regioni in via di sviluppo, potrà avvenire sia nella formazione tradizionale che ancor più in quella a distanza, mediante l'uso di Internet e delle tecnologie informatiche.

Il piccolo commercio legato all'agricoltura e all'artigianato è sempre stato gestito dalle donne. In Africa esse costituiscono il fondamentale sostegno dell'economia familiare, malgrado che il loro lavoro non sia né riconosciuto, né retribuito.

Maria Grazia Randi, presidente della Sezione italiana del Women's World Banking Group (Gruppo femminile imprenditrici nel mondo), si occupa di fornire credito alle donne che vogliono intraprendere un'attività commerciale. La sua esperienza prova che il tasso di restituzione dei prestiti da parte delle donne africane è altissimo, pari al novantacinque per cento.

Il reddito prodotto dalle donne viene poi reinvestito per migliorare le condizioni di vita delle proprie famiglie e quindi di tutta la comunità.

Le testimonianze comprovano i risultati ottenuti. La storia di Hajeera Begum, una moderna quarantenne africana, è quanto mai significativa: «Per tutta la vita mi sono sentita ripetere che ero una buona a nulla. Non credevo di meritare un prestito, non pensavo di essere capace di rimborsarlo. Poi la Banca Grameen mi ha dato 50 dollari e ho comprato un vitello da ingrassare e del riso da decorticare. Ho investito i miei guadagni e ho chiesto un secondo prestito. Adesso possiedo un campo di riso, facciamo tre pasti al giorno e ho intenzione di far studiare i miei figli e di mandarli anche all'università perché non voglio che abbiano un destino infelice come è stato il mio».

Molto spesso i progetti di micro-credito sono affiancati da formazione professionale, tecnica e gestionale, allo scopo di affrontare con la dovuta competenza i progetti.

In tutti i settori è fondamentale la conoscenza e l'impiego delle tecnologie informatiche. Queste permettono di ricevere e scambiare le notizie, stabilire rapporti con popolazioni dall'altra parte del globo, aggiornarsi. Sono uno strumento di lavoro, ma allo stesso tempo aiutano ad opporsi ai tabù e alle pratiche discriminanti, quali le mutilazioni sessuali delle bambine, e a reclamare diritti a loro da sempre preclusi.

Eva era africana

In pari tempo le donne hanno accesso a nuovi campi di attività. Per esempio si applicano alla protezione dell'ambiente, contro la deforestazione e per la salvaguardia degli alberi di alto valore nutritivo. Si oppongono alla sostituzione degli alberi da frutta con gli eucalipti, pregiati per il valore del fusto, ma di nessuna utilità nutritiva.

Di pari importanza è la tutela della bio-diversità, che consiste nel proteggere le specie in via di estinzione. E anche la lotta alle malattie tropicali, mediante l'impiego di vaccini specifici. Tutti campi nei quali la scienza è di fondamentale aiuto.

Nei diversi paesi del continente africano donne di grande valore morale e intellettuale esercitano da diversi anni un ruolo di mediazione nei conflitti. Eppure mai in forma ufficiale, escluse come sono formalmente dai tavoli di pace dominati dai "signori della guerra".

È auspicabile che siano proprio le donne in futuro a disattivare i meccanismi che portano agli eccidi di intere popolazioni. Sono le uniche a poterci riuscire, anche grazie alle loro ben provate capacità di adeguarsi a situazioni in continuo mutamento.

Quanto mai importante è il compito che spetta alle donne, alle madri, di educare la prole al concetto che non esistono razze nella specie umana, ma solo differenze dovute all'adattamento alle condizioni ambientali. Questo insegnamento sarà tanto più efficace quanto più le donne sapranno avvalersi del livello culturale finalmente raggiunto.

La consapevolezza della condizione insostenibile delle donne fa ritenere che, dopo secoli di rassegnata accettazione e ingiustizie, le nuove leve possano apportare un cambiamento radicale alla società. E che reagendo alle attuali condizioni di degradazione dell'intero continente africano riescano infine a interrompere il ciclo di povertà e di instabilità demografica del continente. Speriamo che il futuro sia donna.

Glossario

Albero genealogico: rappresentazione grafica a forma di albero stilizzato che illustra rapporti di derivazione o discendenza di un individuo o di un gruppo

Antropologia: scienza che studia l'origine dell'uomo e la sua posizione nella classificazione degli animali.

Arboricolo: si dice di animale o pianta che vive sugli alberi.

Arcaico: primitivo, antico, vecchio.

Australopiteco: scimmia fossile morfologicamente molto simile all'uomo.

Biomolecolare: parola composta da due parti: la prima fa riferimento agli organismi viventi e ai loro processi vitali, la seconda alla parte più piccola di ogni composto o sostanza (molecola).

Carattere somatico: tratto tipico di un individuo di una specie.

Cooperativismo: movimento favorevole alla cooperazione, cioè all'associazione di persone che si uniscono per creare imprese collettive con lo scopo di contribuire al miglioramento della vita economica e sociale della comunità.

Cromosoma: ciascuno dei corpuscoli che sono nel nucleo della cellula, portatori dei caratteri ereditari.

Demagogia: forma corrotta di democrazia in cui i governanti promettono e concedono benefici alle masse popolari al solo fine di mantenere il proprio potere.

Dna mitocondriale: organulo che svolge un ruolo fondamentale nella respirazione delle cellule ed è il principale mezzo usato dall'organismo per fornire energia alle cellule.

Emisfero australe: parte meridionale della Terra (o della zona celeste che lo sovrasta).

Eredità genetica: trasmissione dai genitori ai figli, attraverso le cellule germinali, di caratteri morfologici, fisiologici e psichici.

Filogenetico: relativo al processo evolutivo degli organismi vegetali e animali, dalla loro comparsa sulla Terra a oggi.

Foresta pluviale: foresta fitta e sempre verde, tipica della zona equatoriale dove l'umidità è altissima.

Fosse tettoniche: superficie della crosta terrestre sottoposta a sprofondamento.

Gene: particella situata nei cromosomi che trasmette i caratteri ereditari di una specie.

Globalizzazione: termine riferito di norma al concetto dell'economia mondiale, ma che può indicare anche una corrente di pensiero.

Habitat: spazio vitale di determinati organismi senza riferimento alle specie.

Homo erectus: la specie del genere Homo il cui nome significa che sta in posizione eretta. Dispersi su gran parte del Vecchio Mondo, gli esemplari di questo ominide furono trovati in Cina (Uomo di Pechino), Europa e Africa.

Homo habilis: prima specie del genere Homo vissuto oltre due milioni di anni fa in Africa, capace di fabbricare i primi utensili di pietra.

Homo sapiens: specie del genere Homo al quale appartiene l'essere umano, rappresentata da tutte le specie umani attualmente esistenti.

Molecola: il più piccolo aggregato di atomi di una sostanza che possegga le caratteristiche chimiche specifiche della sostanza stessa.

Neanderthal: nome di una valle della Germania occidentale, dalla quale prese il nome la specie precedente a quella dell'Homo sapiens.

Nomade: si dice di persona che non vive in maniera stabile su un territorio.

Ominide: famiglia di primati che comprende l'uomo attuale e le forme fossili che si ritiene ne rappresentino i progenitori.

Orologio biologico: meccanismo fisiologico che consente agli organismi animali e vegetali di regolare le proprie funzioni.

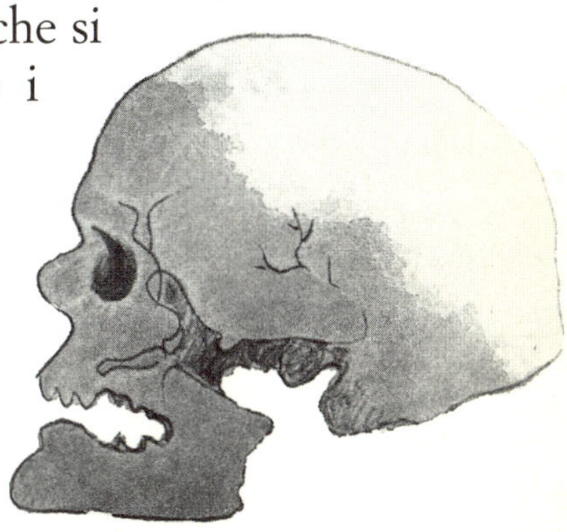

Pongide: scimmia antropomorfa con corpo molto robusto e arti anteriori e posteriori.

Primate: ordine di mammifero i cui componenti sono considerati i più evoluti del regno animale per il livello di organizzazione morfologica e fisiologica raggiunto.

Tabù: ogni cosa sulla quale per paura o per pudore si preferisce tacere.

LA FONDAZIONE RITA LEVI-MONTALCINI

Costituita nel luglio del 1992 da Rita e Paola Levi-Montalcini, in memoria del padre Adamo Levi, con il motto "Il futuro ai giovani" e allo scopo di favorire l'orientamento allo studio e al lavoro delle nuove generazioni, la Fondazione Levi-Montalcini è diventata operativa nel novembre dello stesso anno.

Nel gennaio 2001 come da me proposto e approvato dai membri del Consiglio di Amministrazione, si sono apportate delle importanti modifiche allo Statuto della Fondazione basate sulla consapevolezza che è mandatario venire in aiuto alle donne di Paesi dove si lotta ogni giorno per la sopravvivenza. Tale decisione è motivata dall'esigenza di far fronte ad una delle maggiori problematiche che gravano sulle popolazioni del sud del mondo, in particolare nel continente africano, e cioè il mancato accesso all'istruzione alla quasi totalità delle appartenenti al sesso femminile.

Lo sviluppo dei paesi ad alto livello culturale ha dimostrato che l'istruzione è la chiave di volta del progresso di un paese. L'educazione a tutti i livelli costituisce, infatti, il più efficace strumento per creare una classe educata di donne in grado di assumere posizioni direttive a livello sociale, politico e scientifico, di mettere a frutto le possibilità offerte dai programmi di cooperazione internazionale, di educare i giovani delle nuove generazioni successive.

Il programma della Fondazione ha un duplice scopo, il primo di venire in aiuto a popolazioni che vivono in condizioni di estrema indigenza, il secondo di impedire che le tragiche condizioni di questi Paesi provochino migrazioni di massa e sollevino altri sconvolgimenti a livello globale.

Eva era africana

La creatività e l'efficienza organizzativa, già dimostrata dalle giovani donne africane, potranno innescare meccanismi di trasformazione sociale, essenziali per loro stesse e per l'intero genere umano. Queste donne saranno poste in grado di assumere posizioni direttive a livello sociale, politico, scientifico e di educare i giovani delle generazioni future.

Così come un battito di ali di una farfalla, nella foresta dell'Amazzonia, può provocare, anche a distanza di tempo, un uragano al polo opposto del globo, allo stesso modo le finalità della Fondazione Rita Levi-Montalcini Onlus, mediante l'assegnazione di borse di studio nelle più critiche situazioni africane, possono innescare meccanismi di trasformazione radicali, vantaggiosi a livello mondiale.

Rita Levi-Montalcini

Il battito d'ali di una farfalla
diffusione di un fenomeno,
senza barriere
di spazio-tempo.

L'istruzione,
divulgazione di sostegno concreto,
di nuove alleanze,
per distanze lontane
*in tempi vicini.**

* *"La catastrofe a farfalla e l'istruzione" di Giuseppina Tripodi*

Nella stessa collana:

"Un documento straordinario, per la capacità di sintesi e precisione di cui dà prova l'autore, ma anche per quel suo saper parlare ai più piccoli con gran rispetto dell'intelligenza"

Simonetta Fiori, *La Repubblica*

"Gli storici di professione – dichiarava il grande scrittore, introducendo la sua Storia – non possono pensare al pubblico del giornale, ai lettori di un settimanale illustrato, ai ragazzi. Tra i ragazzi e questo pubblico c'è posto per un mediatore. Ma Gianni Rodari non si limitò a 'mediare': ne trasse una nuova storia, magari venata dalla 'sua utopia', ma certamente ricca di ironia e fantasia. E in fondo più vera di quella ufficiale"

Stefania Scateni, *L'Unità*

"Semplice ed efficace, sarebbe un peccato rinunciare a leggerlo, anche perché si fonda sull'idea che i bambini non vadano solo intrattenuti, ma anche messi in condizione di pensare, fare domande e formarsi un'opinione sulla vita e sul mondo"

Francesca Lazzarato, *Il Manifesto*

"Un libro che puo' aiutare a capire meglio la tensione etica di Rodari, moralista laico e antidogmatico, in un testo qui indubbiamente condizionato dall'ideologia ma senza pretese propagandistiche, pervaso sempre dall'onesto spirito del dubbio e della verifica"

Donatella Trotta, *Il Mattino*

"Pagina dopo pagina resteremo stupiti per la mancanza del puzzo stantio dell'ideologia, per l'assenza di frasi fatte. Rodari raccontava la storia con passione senza nascondere il suo amore e il suo rispetto per il lavoro, la giustizia sociale e il suo rifiuto per le guerre"

Marina Morpurgo, *Diario*

Nella stessa collana:

Edoardo Erba

Agenti senza pistole

Gallucci

Stampato per conto
di Carlo Gallucci editore srl
presso la tipografia Tibergraph
di Città di Castello (Pg)
nel mese di aprile 2005